U0108513

有故事的漢字

The Origin and Evolution of
Chinese Characters

|認識萬物篇|

邱昭瑜

編著

新雅文化事業有限公司
www.sunya.com.hk

作者的話

　　一個深深陶醉於中國文字之美的人，曾許下心願，要將這份對文字的誠摯之愛傳遞出來。《有故事的漢字——認識萬物篇》是一顆經由心願孕育出來的種子，希望這顆心願種子可以散發出去，在讀者的心中生根發芽。

給小朋友的話

　　小朋友，考考你！你知道在文字發明以前，古人是怎樣傳遞消息嗎？

　　你有沒有聽過「結繩記事」？在很久以前，人們曾經用在繩子上打結的方法，來記錄事情。譬如說，甲村落跟乙村落訂下契約，一年後乙村落要送五頭羊給甲村落，雙方就各拿一段一樣長的繩子，在繩子上相同的地方打上五個同樣大小的結，等時間到了，雙方再拿繩子共同回憶這些繩結表示什麼意思；不過這樣也很不保險，因為所有事情都用繩結來記錄，雖然繩結有大有小、打結的地方也不一樣，可是日子久了，也難保每段繩結代表的意思都可以記得正確無誤。

　　另外，人們還用畫畫的方式來傳遞消息，可是這也不是一個很好的方法，因為你也知道一幅畫用多大的空間、花多久的時間來畫，而且也不是每個人都很會畫畫，萬一想畫老虎，畫出來卻變成恐龍，傳遞錯誤訊息就糟了！

　　幸好，人類還是很聰明的，他們發明了簡筆畫，就是把物體的樣子畫一個大概，能夠知道是什麼意思就可以了；可是大家的簡筆畫卻畫得不大一樣，以太陽來說吧！有人喜歡畫一個圓圈，有人畫圓圈裏加上一點，還有人不但圓圈裏加了一點，圓圈周圍還要畫上萬丈光芒，這可怎麼辦好呢？

　　別急！當碰到眾人意見不同時，總該有人出來領導統一吧！那個人啊，相傳就是黃帝的史官，名叫倉頡。

　　後代子孫根據倉頡整理統一的這些文字，發現文字的

創造原來是有一些規則的，那就是象形、指事、會意和形聲。

象形，就是按照物體的樣子來畫。像「木」這個字，最原始便是畫一棵葉子掉光，只剩向上伸展着樹枝和向下生長着樹根的樹。

指事字呢？就是要指出這個物體的重點所在。譬如刀刃的「刃」字，是在一把刀上加一點，那一點就是要特別指出這把刀的刀刃很鋒利噢！

會意字又是什麼呢？就是你看了這個字，然後在腦袋中想一下就可以知道它表示什麼意思！譬如休息的「休」字，畫的就像一個人靠在大樹下休息，是不是很容易了解呢？

最後，說到形聲字。你可聽過「有邊讀邊，沒邊讀中間」的說法吧？中國字有約百分之九十是形聲字，形聲字一部分是表示它的類別、一部分是表示聲音，譬如唱歌的「唱」字，唱歌是用嘴巴唱的，所以就有了「口」當類別，旁邊的「昌」音是不是跟「唱」音很相近呢？

開始覺得中國字很有趣了吧？讓我們翻開這一本書，知道更多關於中國文字的奧秘吧！

目　錄

shǔ

鼠

老鼠是齧齒類動物，特徵是兩隻長長的牙齒，很喜歡鑽洞。甲骨文造的「鼠」字中，上面的幾點「ꞏꞏ」還用來特別標明老鼠因為鑽土洞，以致於牠的頭上常帶有泥土。小篆的「鼠」字就可以明顯的看出老鼠的樣子，上面的「ㄩ」畫的是老鼠的牙齒，下面的「屮」則是畫老鼠的腹部、腳和長長的尾巴。

給小朋友的話：

老鼠是一種很聰明、很愛乾淨的動物，你知道牠們怎樣偷蛋嗎？牠們會兩隻一起合作，一隻老鼠躺下來把蛋抱在肚子上，另外一隻則咬着牠的長尾巴，把牠拖回鼠洞裏，夠聰明吧！

◎「鼠」字的演變過程：

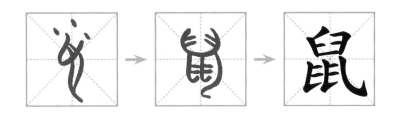

niú

牛

niú shì yì zhǒng néng chī kǔ nài láo de dòng wù　　zài guò qù de nóng
牛 是 一 種 能 吃 苦 耐 勞 的 動 物 ， 在 過 去 的 農

cūn shēng huó zhōng　　cháng bèi yòng lái xié zhù gēng tián fān tǔ　niú de tè zhēng
村 生 活 中 ， 常 被 用 來 協 助 耕 田 翻 土 。 牛 的 特 徵

shì yǒu liǎng zhī dà dà jiān yìng de niú jiǎo　kuān kuān qiáng zhuàng de bèi hé yì
是 有 兩 隻 大 大 堅 硬 的 牛 角 、 寬 寬 強 壯 的 背 和 一

tiáo cháng cháng shuǎi lái shuǎi qù de wěi bā　niú　zì shì gēn jù niú de
條 常 常 甩 來 甩 去 的 尾 巴 。 「 牛 」 字 是 根 據 牛 的

yàng zi suǒ zào de　cóng niú de shàng mian fǔ kàn xià qù　shì bú shì zhǐ
樣 子 所 造 的 ， 從 牛 的 上 面 俯 瞰 下 去 ， 是 不 是 只

néng kàn dào tā nà liǎng zhī dà niú jiǎo　niú shēn hé zhōng jiān tū chū de bèi
能 看 到 牠 那 兩 隻 大 牛 角 、 牛 身 和 中 間 突 出 的 背

jǐ ne
脊 呢 ？

gěi xiǎo péng you de huà
給 小 朋 友 的 話 ：

àn niú tóu chī bù dé cǎo　shì yòng lái bǐ yù hěn nán qiáng pò bié
「 按 牛 頭 吃 不 得 草 」 是 用 來 比 喻 很 難 強 迫 別

rén qù zuò tā bù yuàn yì zuò de shì　zài rì cháng shēng huó zhōng　wǒ men yào
人 去 做 他 不 願 意 做 的 事 。 在 日 常 生 活 中 ， 我 們 要

xué huì zūn zhòng bié rén　bú yào qiáng pò bié rén qù zuò tā bù xiǎng zuò de shì
學 會 尊 重 別 人 ， 不 要 強 迫 別 人 去 做 他 不 想 做 的 事 。

◎「牛」字的演變過程：

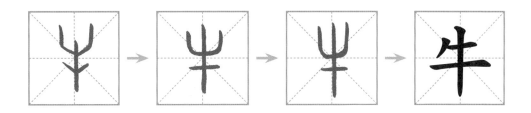

hǔ

虎

老虎是肉食性的哺乳類動物，牠的特徵是有着利齒、修長的身體、漂亮的花紋毛皮和一條長長的尾巴。老虎通常會採低姿勢蹲伏在草叢中，然後慢慢接近獵物，再以迅雷不及掩耳的速度撲向獵物。「虎」字就是從老虎蹲伏的側面樣子演變而來的，上面是虎頭跟身體，下面是蹲着的腳。

給小朋友的話：

壞人就像虎狼一樣是很兇狠殘暴的，所以出門在外一定要特別小心安全，不然「羊入虎口」可就危險了。

◎「虎」字的演變過程：

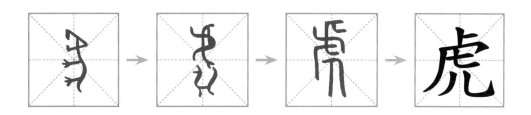

tù

兔

兔子的特徵就是有長長的耳朵、短短的尾巴、上嘴唇裂開，兩隻前肢比較短、後肢比較長，喜歡蹲在草地中吃草，擅長跳躍。「兔」字就是根據兔子蹲坐的側面樣子所造的，上面是長耳朵、側面的臉，下面則是兩條蹲着的長腿和一條短尾巴。

給小朋友的話：

「守株待兔」是指一個農夫不努力耕種，只想等兔子自己撞上樹幹昏死，然後藉此不勞而獲，最後終於連田地也荒蕪了。所以我們想要有收穫就應該要努力，因為天底下沒有白吃的午餐。

14

15

lóng

龍

龍是古代傳說中的動物，牠可以變大變小、變長變短、會飛翔會游水、來去自如，而且牠還具有神性，可以呼風喚雨。古人想像中的龍，頭頂有肉冠、有兩隻像鹿一樣的角、有耳朵、有大嘴和長鬍鬚，有四肢、腳上有爪、背脊上有鱗片。「龍」字就是按照古人想像中的龍造形所造的，左邊畫着龍頭和龍身、右邊畫龍的背脊和背上的長毛。

給小朋友的話：

「龍頭蛇尾」是比喻做事前緊後鬆、有始無終。小朋友，做事應該要從頭到尾都認真的做，不要只有三分鐘熱度噢！

◎「龍」字的演變過程：

shé

蛇

有沒有看過毒蛇？毒蛇的頭部都呈三角形、大大的，而且身體長長的、彎彎曲曲的，吃東西的時候會把獵物慢慢地吞進肚子裏，所以古人也很害怕蛇。在古代，「蛇」字寫作「它」，是按照蛇的形狀造的字，後來因為把蛇視為長蟲的一種，所以就加了一個「虫」（讀悔）的偏旁強調。

給小朋友的話：

「蛇頭鼠眼」是比喻人的心術不正、面貌醜惡。我們的相貌會因為我們的心而改變，所以要有漂亮端正的相貌，就要有一顆善良溫柔的心噢！

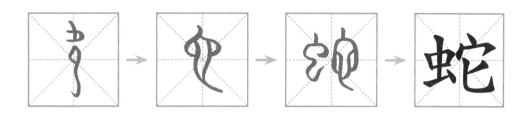

mǎ

馬

馬的特徵是臉很長、小小窄窄的，頸背有鬃毛，還有着修長強壯的四條腿，很擅長奔跑，所以古代打仗或打獵、旅行，常用馬來當坐騎。古文的「馬」字，是根據馬的長臉、馬鬃與長腿的特徵來造的。馬的牙齒形態會隨年齡而改變，所以要知道馬的年齡通常要看馬齒。

給小朋友的話：

「駟馬難追」是用來比喻事實既成或話已出口，就沒有挽回的餘地。所以我們說話或做事之前一定要先想清楚，免得後悔莫及。

◎「馬」字的演變過程：

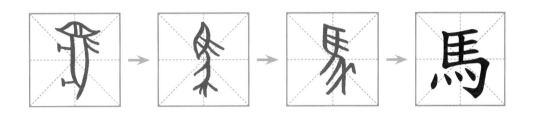

yáng
羊

羊是一種很溫馴的動物，牠的身體可以提
供人類多種用途：肉可食、奶可喝、毛皮可以
做成保暖衣物，所以在古代，羊是一種很吉祥
的動物，看看「祥」這個字的右邊即是羊，就
可以知道牠所代表的吉祥意義了。「羊」字是
根據羊的形體來造的，從上俯瞰下去，可以看
見羊角、羊身、羊尾和羊腿。

給小朋友的話：

一分錢一分貨，買東西時不要貪小便宜，因
為「羊毛出在羊身上」，貪小便宜終究是會吃虧
的。

◎「羊」字的演變過程：

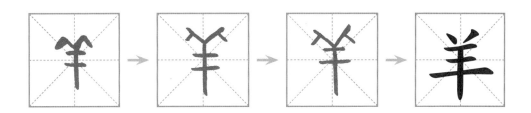

hóu
猴

猴子是靈長類動物，智商比一般動物高，很聰明，擅長模仿，人類的祖先便是由某一類的猿猴漸漸演變而來的，所以猴子跟人類還有幾分類似。「猴」字是依照猴子坐着的樣子來造的，上面是猴頭、中間是身體、下面是腳和尾巴。因為猴子是獸類，所以再加一個「犭」字旁來強調。

給小朋友的話：

世上最出名的猴子大概就是《西遊記》裏的「孫悟空」了，孫悟空雖然調皮，但是他膽大藝高、有智慧也很忠心，是小朋友可以學習的對象呢！

◎「猴」字的演變過程：

jī

雞

雞是我國常見的家禽，農家大多會養雞，
公雞早上會啼叫報時、母雞會生蛋。雞的特徵
是頭圓圓的、嘴巴短短小小的、頭上有肉冠，
公雞的肉冠比母雞大、羽毛的顏色也比較漂
亮，古文「雞」字就是按照雞的形體來造的。

給小朋友的話：

「雞毛蒜皮」是用來比喻無關緊要、沒有價
值的事物。小朋友們平常要和諧相處，千萬不要
為了一點雞毛蒜皮的小事就吵鬧打架噢！

◎「雞」字的演變過程：

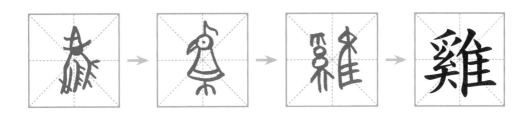

quǎn

犬

gǒu shì rén lèi hěn zhōng shí de péng you ， gǒu de zhǒng lèi hěn duō ，
狗 是 人 類 很 忠 實 的 朋 友 ， 狗 的 種 類 很 多 ，

tā men de gòng tóng tè zhēng shì yǒu zhe ruì lì de yá chǐ ， xiù jiào gēn tīng
牠 們 的 共 同 特 徵 是 有 着 銳 利 的 牙 齒 ， 嗅 覺 跟 聽

jiào dōu hěn líng mǐn 。 jiǎ gǔ wén 「 quǎn 」 zì jiù shì àn zhào gǒu de cè
覺 都 很 靈 敏 。 甲 骨 文 「 犬 」 字 就 是 按 照 狗 的 側

miàn tú zào de ， kě kàn jiàn gǒu tóu 、 gǒu ěr duǒ 、 shēn tǐ 、 jiǎo hé
面 圖 造 的 ， 可 看 見 狗 頭 、 狗 耳 朵 、 身 體 、 腳 和

gǒu wěi bā 。 dào xiǎo zhuàn de shí hou ， 「 quǎn 」 zì kàn lái jiù xiàng cóng
狗 尾 巴 。 到 小 篆 的 時 候 ， 「 犬 」 字 看 來 就 像 從

zhèng miàn kàn dào yì zhī gǒu dūn zuò zhe ， shàng mian shì tóu hé ěr duǒ 、 xià
正 面 看 到 一 隻 狗 蹲 坐 着 ， 上 面 是 頭 和 耳 朵 、 下

mian shì liǎng tiáo tuǐ ， qí zhōng yì tiáo tuǐ hái wēi wēi tái qi lai 。
面 是 兩 條 腿 ， 其 中 一 條 腿 還 微 微 抬 起 來 。

gěi xiǎo péng you de huà
給 小 朋 友 的 話 ：

nǐ yǎng guò gǒu ma kàn guò lù shang kě lián de liú làng gǒu ma dà
你 養 過 狗 嗎 ？ 看 過 路 上 可 憐 的 流 浪 狗 嗎 ？ 大

bù fèn de liú làng gǒu dōu shì bèi sì zhǔ è yì yí qì de suǒ yǐ wǒ men
部 分 的 流 浪 狗 都 是 被 飼 主 惡 意 遺 棄 的 ， 所 以 我 們

yǎng chōng wù yí dìng yào yǒu shǐ yǒu zhōng bù kě yīn wèi méi yǒu xīn xiān gǎn
養 寵 物 ， 一 定 要 有 始 有 終 ， 不 可 因 為 沒 有 新 鮮 感

le jiù bǎ tā diū diào yīn wèi dòng wù yě shì yǒu shēng mìng zūn yán de
了 就 把 牠 丟 掉 ， 因 為 動 物 也 是 有 生 命 尊 嚴 的 。

◎「犬」字的演變過程：

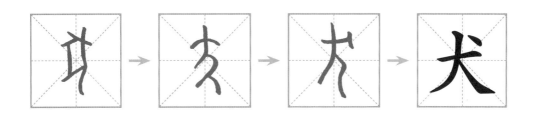

shǐ

豕

豬又稱為「豕」，豬的特徵是身體肥肥壯壯的、頭圓圓大大的、眼睛小小的、短鼻子微微向上拱、短尾巴捲曲着，牠是繁殖力很旺盛的家畜。古文的「豕」字就是照豬的側面外形來造的，從甲骨文中可以看到這隻豬是低着頭、尾巴垂下來、四腳分別擺在前後。

給小朋友的話：

「豬八戒吃人蔘果，全不知滋味」是用來比喻貪多嚼不爛。你有沒有試過吃好吃的東西時，因為貪多而沒有好好的品嘗就吞下肚去？那可是會辜負食物的美味喔！

◎「豕」字的演變過程：

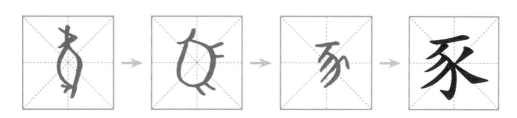

lù

鹿

méi huā lù shì wǒ guó de tè chǎn　　zài chá hè sè de máo pí shang
梅花鹿是我國的特產，在茶褐色的毛皮上

yǒu zhe bái sè xīng zhuàng de diǎn diǎn　　fēi cháng piāo liang　　lù shì cǎo shí xìng
有着白色星狀的點點，非常漂亮。鹿是草食性

dòng wù　　gōng lù zài liǎng suì zhī hòu huì zhǎng jiǎo　　měi nián dōu huì cóng dà
動物，公鹿在兩歲之後會長角，每年都會從大

jiǎo shang qí chū yì zhī xiǎo jiǎo　　jiù xiàng shù zhī yí yàng　　jiǎo huì yì zhí
角上歧出一隻小角，就像樹枝一樣，角會一直

cháng chū dào lǎo wèi zhǐ　　lù yǒu hěn jiǎo jiàn de sì tiáo tuǐ　　shàn cháng bēn
長出到老為止。鹿有很矯健的四條腿，擅長奔

pǎo　　gǔ wén de 「lù」 zì jiù shì yī zhào lù de wài xíng cè miàn qù
跑，古文的「鹿」字就是依照鹿的外形側面去

zào de
造的。

gěi xiǎo péng you de huà
給小朋友的話：

zhǐ lù wèi mǎ　　shì bǐ yù gù yì diān dǎo shì fēi　　hùn xiáo hēi
「指鹿為馬」是比喻故意顛倒是非、混淆黑

bái　　zài shēng huó zhōng　　yǒu shí nǐ huì pèng dào tóng yí jiàn shì qing　　cóng zhè
白。在生活中，有時你會碰到同一件事情，從這

rén yǔ nà rén kǒu zhōng shuì chū lai de　　jū rán xiāng chā shí wàn bā qiān lǐ
人與那人口中說出來的，居然相差十萬八千里，

zhè shí nǐ jiù yào yǒu zì jǐ de pàn duàn néng lì　　cái bù huì bèi bié rén gù
這時你就要有自己的判斷能力，才不會被別人故

yì diān dǎo shì fēi de shuō fǎ gěi wù dǎo le
意顛倒是非的說法給誤導了。

◎「鹿」字的演變過程：

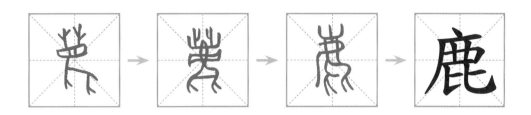

xiàng

象

dà xiàng shì bǔ rǔ lèi dòng wù　　　tā yǒu cháng cháng de bí zi　　kě
大象是哺乳類動物，牠有長長的鼻子，可

yǐ shēn suō zì rú　　lì liàng hěn dà　　kě yǐ juǎn qǐ dà mù tou　　yě
以伸縮自如，力量很大，可以捲起大木頭，也

kě yǐ yòng lái xī shuǐ　　dà xiàng hái yǒu dà dà de ěr duo　　cháng cháng de
可以用來吸水。大象還有大大的耳朵、長長的

xiàng yá　　cū zhuàng de sì tiáo tuǐ hé hòu shí de shēn tǐ　　tā men néng gòu
象牙、粗壯的四條腿和厚實的身體，牠們能夠

tuó yùn zhòng wù　　gǔ wén de　xiàng　zì　　huà de jiù shì dà xiàng de
駝運重物。古文的「象」字，畫的就是大象的

yàng zi
樣子。

gěi xiǎo péng you de huà
給小朋友的話：

máng rén mō xiàng　　shì bǐ yù zhǐ píng zì jǐ de jīng yàn suí biàn tuī
「盲人摸象」是比喻只憑自己的經驗隨便推

cè　　yě zhǐ piàn miàn de kàn shì qing　　suǒ yǐ dāng wǒ men píng lùn yí jiàn shì
測，也指片面地看事情。所以當我們評論一件事

qing shí　　yí dìng yào duō fāng miàn de liǎo jiě　　cái bú huì fàn le zhǐ kàn piàn
情時，一定要多方面的了解，才不會犯了只看片

miàn huò zhǐ tīng xìn yí miàn zhī cí de cuò wù
面或只聽信一面之詞的錯誤。

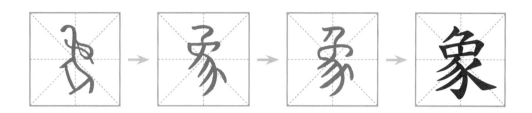

guī

龜

龜是長壽的象徵，牠們平時的動作很緩慢，有着硬硬的甲殼包覆着身體，背甲隆起，由三行六角形的鱗片組合成，腹甲則是扁平的。當有危險的時候，頭和四肢、尾巴就會很快的縮進龜殼裏。龜的頭跟蛇有點類似，眼睛小小的，嘴巴張開很大，嘴裏沒有牙齒，古文的「龜」字就是依照龜的側面外形所造的。

給小朋友的話：

台灣沿海常有綠蠵龜上岸產卵，這些被列入保育類的綠蠵龜，數量已經越來越少了，除了人為的獵捕外，外界環境越來越惡劣也影響到牠們的生存，所以我們應該要有環保的觀念，才不會讓地球毀滅在人類手上。

◎「龜」字的演變過程：

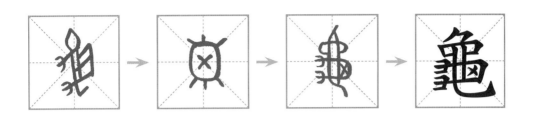

niǎo

鳥

鳥是飛禽類的總稱，畫的就像一隻鳥側面站立的樣子。從小篆的字體中可以很明顯地看到「鳥」字的由來：上面是鳥頭、有眼睛；中間有四畫向右橫斜的──最上面那一畫是鳥頸部的羽毛，第二、三畫是翅膀，第四畫是鳥尾；最下面則表示鳥的腳。「鳥」的另一個寫法是「隹」，「鳥」是指長尾鳥，「隹」是短尾鳥。

給小朋友的話：

「鳥為食亡，人為財死」是比喻貪圖過多利益的後果。所以做人做事應該不要貪心、要適可而止。

◎「鳥」字的演變過程：

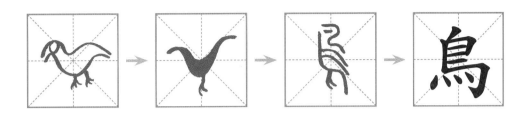

wū
烏

烏鴉是鳥類的一種，向來被視為不吉利、
邪惡的象徵。牠全身都是黑鴉鴉的一片，連眼
珠子也看不清楚，看起來就像一團黑影，的確
容易讓人有毛骨悚然的感覺，再加上牠嘎嘎的
叫聲粗聲粗氣的，所以就難惹人憐愛了。
「烏」字就是從「鳥」字而來，中間少了一點
眼睛，是因為牠全身實在太黑，以至於連眼睛
都看不清楚了。

給小朋友的話：

「烏鳥反哺」是烏鴉唯一被稱讚的美德，烏
鴉在長大後會去找尋食物來餵養已經年老力衰的
父母，因此是很孝順的一種鳥類。父母生養我們
很不容易，所以我們也應該要孝順父母噢！

40

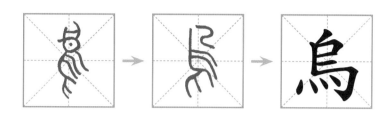

41

yú

魚

魚是生活在水裏的冷血動物，牠們的共同特徵是用鰓呼吸、身體覆蓋着鱗片、依靠鰭的擺動來前進後退。古文裏，「魚」字畫的就是一條魚的樣子，可以看見魚頭、魚身上的鰭鱗和魚尾。「魚」字的下面有四點，那並不是代表火的意思，而是表示魚尾，從這個字的演變過程中可以很清楚的看出來，就像「鳥」字下面的四點是表示鳥腳一樣。

給小朋友的話：

「魚躍龍門」在古代是表示得到功名，在現代則表示有好的成就。「三百六十五行，行行出狀元」，只要肯努力，不管你未來從事什麼職業，都可以出人頭地噢！

42

◎「魚」字的演變過程：

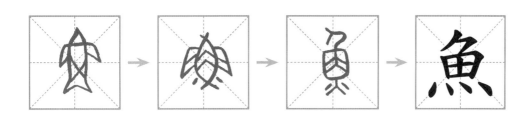

yàn
燕

在農村，常常可以看到燕子啣泥築巢，在
屋簷下養育牠的小孩。「燕」字畫的就是燕子
張開翅膀在飛的樣子，上面的「廿」表示牠尖
尖的鳥嘴，中間的「口」是身體，兩旁的「北」
是飛翔時張開的雙翅，下面的「灬」是燕子像
剪刀一樣分歧的尾巴。

◎「燕」字的演變過程：

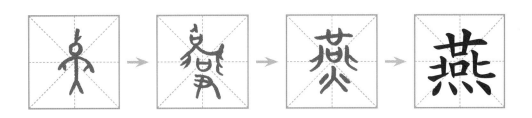

jí

集

「集」有聚合的意思，古文的「集」字，
就是根據羣鳥聚集在樹上的樣子所造的。上面
本來畫有三隻鳥，用來表示眾鳥的意思，下面
則是畫一棵樹，很多鳥一起在樹上就有聚集的
意思，後來三隻鳥減省成一隻鳥，意思不變。

給小朋友的話：

「集思廣益」是指聚集眾人的想法可以得到
最大的利益。當你在做一件比較困難的事時，也
可以嘗試跟別人討論該怎麼做才最恰當噢！

◎「集」字的演變過程：

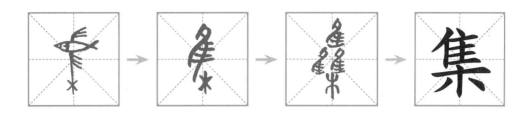

cháo
巢

niǎo lèi zhù cháo shì wèi le yào fū dàn 、 yǎng yù xià yí dài
鳥類築巢是為了要孵蛋、養育下一代。

cháo zì zài gǔ wén zhōng ， huà de jiù xiàng yí gè niǎo cháo
「巢」字在古文中，畫的就像一個鳥巢「ε϶」

zhù zài gāo gāo de shù shang niǎo cháo li hái yǒu sān zhī xiǎo niǎo
築在高高的樹上「米」，鳥巢裏還有三隻小鳥

shēn chū tóu lái jī jī jiào zhe děng dài qīn niǎo bǔ zhuō liè wù
「川」伸出頭來，嘰嘰叫着等待親鳥捕捉獵物

huí lái gěi tā men chī
回來給牠們吃。

gěi xiǎo péng you de huà
給小朋友的話：

měi zhǒng dòng wù dōu yǒu zì jǐ de wō xiàng niǎo er mì
每種動物都有自己的「窩」，像鳥兒、蜜

fēng zhī zhū hé mǎ yǐ děng děng dōu yǒu gè zhǒng bù tóng zào xíng de wō
蜂、蜘蛛和螞蟻等等，都有各種不同造型的窩，

nǐ rèn shí jǐ zhǒng ne
你認識幾種呢？

◎「巢」字的演變過程：

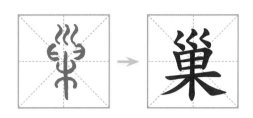

fēi

飛

「飛」字畫的是鳥振翅飛翔的樣子。在甲
骨文裏「飛」字，畫得很像是鳥在飛的簡筆畫，
只看得出張開的鳥翅。到了小篆時，「飛」字
就演變成可以把鳥在飛的樣子看得很清楚
了——上面的「⺇」是鳥類頭部和頸部的羽
毛，「丨」是身體，而下面的「八」則是鳥張
開雙翅在飛的樣子。

給小朋友的話：

飛翔，是人類對天空的嚮往與夢想，所以人
類發明了飛機；後來人類的夢想越來越多，就發
明越來越多的東西來實現夢想。小朋友，你的夢
想是什麼？相信嗎？只要努力，夢想有一天總會
成真噢！

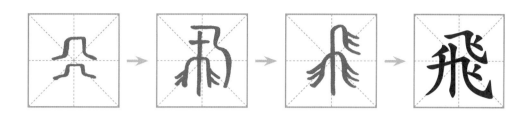

yǔ

羽

niǎo de máo yòu chēng 「羽」，羽毛組合成翅膀，是
鳥的毛又稱「羽」，羽毛組合成翅膀，是
niǎo lèi de fēi xíng gōng jù dāng niǎo de chì bǎng zài tiān kōng zhōng zuò shàng xià
鳥類的飛行工具。當鳥的翅膀在天空中做上下
yùn dòng de shí hou yīn wèi yǔ máo gēn kōng qì chǎn shēng le zuò yòng lì yǔ
運動的時候，因為羽毛跟空氣產生了作用力與
fǎn zuò yòng lì de yuán gù suǒ yǐ shēn tǐ jiù huì shàng xià bǎi dòng qián jìn
反作用力的緣故，所以身體就會上下擺動前進。
yǔ zì huà de jiù shì niǎo lèi liǎng duì chì bǎng de wài xíng wǎng zuǒ
「羽」字畫的就是鳥類兩對翅膀的外形，往左
xià piě de liù huà biǎo shì niǎo máo de zhǔ jīng shì niǎo máo zhōng bǐ jiào cháng
下撇的六畫表示鳥毛的主莖，是鳥毛中比較長
de bù fen
的部分。

gěi xiǎo péng you de huà
給小朋友的話：

xiǎo péng you xiàn zài dōu xiàng yǔ yì wèi fēng de xiǎo niǎo xū yào
小朋友現在都像「羽翼未豐」的小鳥，需要
fù mǔ de zhào gù fù mǔ yǎng yù ér nǚ hěn xīn kǔ suǒ yǐ yào duō tǐ
父母的照顧，父母養育兒女很辛苦，所以要多體
liàng fù mǔ de kǔ xīn zuò gè xiào shùn de guāi hái zi bié ràng fù mǔ dān
諒父母的苦心，做個孝順的乖孩子，別讓父母擔
xīn
心。

máo

毛

「毛」是長在動物表皮上的纖細狀物質，有保持體溫、保護身體、減少摩擦力，以及裝飾性的作用。每一根毛髮都是由毛幹與毛根所構成，露出皮層外面的稱作毛幹，在皮層底下的是毛根，毛根的末端有毛囊，是提供毛髮生長養分的來源，所以要是毛囊被破壞了，毛髮就長不出來了。「毛」字畫的就是毛髮從皮層長出來、很密地叢聚在一起的樣子。

給小朋友的話：

「毛遂自薦」是比喻自己推薦自己去做某件事。小朋友，碰到班上在推選班會幹事或參加比賽的人時，你會不會推薦自己？趁着年紀還輕的時候，勇敢地去嘗試是一件很好的事噢！

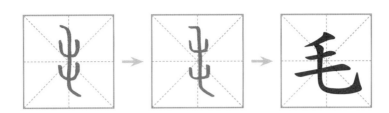

55

pí

皮

「皮」是覆蓋在動植物體外，用來保護內部組織的一層物質。古文中，「皮」字畫的就是一隻手「ㅋ」拿着從野獸「ㅂ」身上剝下的皮「ㄷ」。左邊的「ㅂ」畫的是有頭有身體的野獸，旁邊的皮「ㄷ」因為是從野獸身上剝下來的，所以看起來就軟趴趴的，而且體積比野獸還要小很多。

給小朋友的話：

有沒有看過「皮影戲」？那是一項中國傳統技藝。最早的時候是用獸皮剪成人、物的樣子，利用燈光把它們的影子投射在白幕上面演戲，像演影子戲那樣，很有趣噢！有機會去看看吧！

◎「皮」字的演變過程：

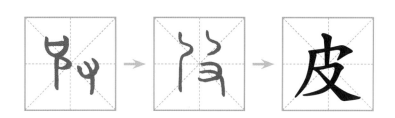

xuè

血

「血」是動物體內的血管裏流動的一種液
體，可以運輸養分與排泄廢物，讓身體保持新
陳代謝、維持健康。在古代祭祀時，常要用牲
畜的血來祭神，所以「血」字的下面畫的就是
一個器皿的樣子「皿」，上面的一點「血」則
是用來表示「血」的意思。

給小朋友的話：

「血氣之勇」是指因為一時的激動而產生的
勇氣；憑着這樣的勇氣去做事通常會失去理智的
判斷，很有可能因此犯下大錯，所以我們在生氣
時，一定要盡量保持冷靜噢！

58

◎「血」字的演變過程：

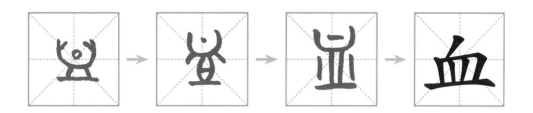

ròu

肉

「肉」是包覆在皮膚裏、骨頭外的一種組織，是用來保護動物身體的內臟器官。古文「肉」畫的就是一大塊鳥獸的肉，中間的兩橫「⺼」是用來表示肉的紋理。後來肉的意思擴大，並不只是指鳥獸的肉，凡是蔬果的皮下、核外可以食用的部分，也稱為肉。

給小朋友的話：

平時遊玩時一定要注意安全，要是你的舉動讓父母覺得「肉跳心驚」的話，難保等一下你不會被修理得「皮開肉綻」了。

60

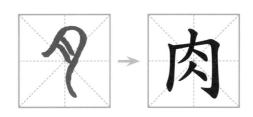

61

gǔ

骨

「骨」是鳥獸體內由石灰質與膠質所構成
的身體支架，非常堅硬；因為骨肉總是相連的，
所以「骨」字的下面就有肉「夕」，上面畫的
是一塊骨頭的樣子，凸出來的部分像是骨節，
把相連着的肉剔除掉就只剩下骨頭了。

給小朋友的話：

兄弟姊妹間都有很親密的「骨肉之情」，
所以平時跟家人相處一定要友愛。

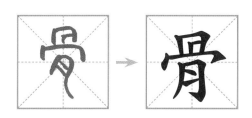

gé

革

已經去掉毛的獸皮就稱作「革」，這是一個象形字，畫的就像一隻野獸的皮被撐開張大，可以看到獸頭「˅」、身體尾巴「｜」和四肢「二」都像被鋪平的樣子，而中間的「₩」則是表示兩隻手。用雙手整治被殺掉、拔毛的獸皮，就是皮革。

給小朋友的話：

做錯事是難免的，只要勇於承認、「洗心革面」的徹底悔改，並且下次不再犯同樣的錯誤，就還是父母師長心中的好孩子。

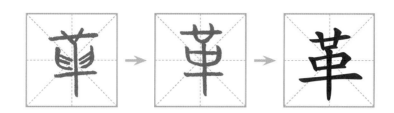

jiǎo

角

角是生在有蹄類動物頭上或鼻子上突出的
jiǎo shì shēng zài yǒu tí lèi dòng wù tóu shang huò bí zi shang tū chū de

骨質管狀物，根部較粗、上面較尖細。角的內
gǔ zhì guǎn zhuàng wù gēn bù jiào cū shàng mian jiào jiān xì jiǎo de nèi

部還有中空和堅實的分別，像牛羊的角是中空
bù hái yǒu zhōng kōng hé jiān shí de fēn bié xiàng niú yáng de jiǎo shì zhōng kōng

的、鹿角是堅實的。「角」字是依照獸角的樣
de lù jiǎo shì jiān shí de jiǎo zì shì yī zhào shòu jiǎo de yàng

子來造的，外面「⌒」是獸角的形狀，中間兩
zi lái zào de wài miàn shì shòu jiǎo de xíng zhuàng zhōng jiān liǎng

畫「⌒」表示角的紋理。
huà biǎo shì jiǎo de wén lǐ

給小朋友的話：
gěi xiǎo péng you de huà

有沒有觀察過有「角」的動物？牠們長角的
yǒu mei yǒu guān chá guò yǒu jiǎo de dòng wù tā men zhǎng jiǎo de

位置與角的形狀各有什麼不同呢？下次去動物園
wèi zhì yǔ jiǎo de xíng zhuàng gè yǒu shén me bù tóng ne xià cì qù dòng wù yuán

時可以仔細分辨噢！
shí kě yǐ zǐ xì fēn biàn o

◎「角」字的演變過程：

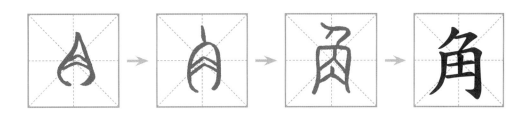

zhuǎ

爪

niǎo shòu de zhǐ jiǎ chēng zuò zhuǎ　tā men de jiǎo zhuǎ dōu hěn
鳥獸的趾甲稱作「爪」，牠們的腳爪都很
yǒu lì　wēi wēi xiàng nèi juǎn qū zhe　hěn shì hé bǔ zhuō liè wù
有力、微微向內捲曲着，很適合捕捉獵物。
zhuǎ　zì shì yí gè xiàng xíng zì　huà de shì niǎo shòu zhuǎ zi de yàng
「爪」字是一個象形字，畫的是鳥獸爪子的樣
zi　zài jiǎ gǔ wén li　hái kě yǐ kàn dào zài zhuǎ zi de zhōng
子。在甲骨文裏，還可以看到在爪子「彐」中
de zhǐ jiǎ　dào jīn wén shí　kàn qi lai jiù gèng xiàng niǎo shòu
的指甲「ˋ」。到金文時，看起來就更像鳥獸
zhuǎ zi de yàng zi le
爪子的樣子了。

gěi xiǎo péng you de huà
給小朋友的話：

yǒu mei yǒu fā xiàn měi yì zhǒng dòng wù de qiú shēng běn lǐng dōu bú dà yí
有沒有發現每一種動物的求生本領都不大一
yàng　xiàng niǎo lèi jiù yòng jiān yìng de jiǎo zhuǎ hé zuǐ ba lái qū dí jí bǔ zhuō
樣？像鳥類就用堅硬的腳爪和嘴巴來驅敵及捕捉
liè wù　xiǎng xiǎng kàn　qí tā dòng wù gè yòng zěn yàng de běn lǐng lái qiú shēng
獵物，想想看，其他動物各用怎樣的本領來求生？

◎「爪」字的演變過程：

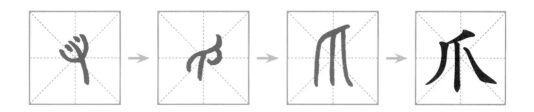

luǎn

卵

你看過烏魚子嗎？烏魚子是從烏魚肚子裏拿出來的魚卵，古文的「卵」字造形很像烏魚子，外面的「卯」就像包裹住裏頭成千上萬顆魚卵的囊膜，而中間的一點是指魚卵。也有把「卵」字的外面解釋作蛋殼，中間一點是蛋黃的說法。

給小朋友的話：

「卵不敵石」的意思是指蛋與石頭爭鬥，蛋終究還是不敵石頭的堅硬；所以小朋友過馬路時要注意交通安全，因為身體就像蛋一樣脆弱，經不起被鐵做的車子衝撞呀！

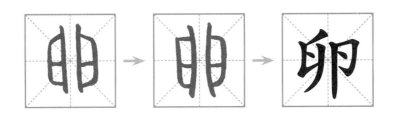

mù

木

樹木是地球很大的資源，因為它的樹根可
以牢牢抓住土壤，讓土壤結實不易鬆動而造成
土壤流失；樹幹可以提供建築、造紙等多種用
途；樹枝上的樹葉可以提供遮蔭、為植物行光
合作用；果實也可提供食用或繁衍下一代。
「木」便是根據它這三大特點部位——樹枝、
樹幹、樹根所造出來的字。

給小朋友的話：

地球上有多少種樹木呢？你知道在地球上各
個不同的地方，樹木的外觀與特色也不一樣嗎？
查查看什麼是針葉樹？什麼是闊葉樹？為什麼有
的樹到了秋冬會變顏色、掉葉子？

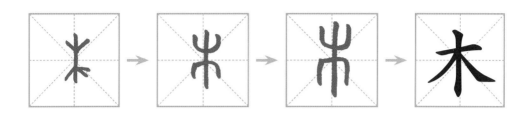

zhú

竹

「竹」是四君子「梅蘭竹菊」之一，竹子
的外表挺拔直立，就像君子一樣剛正不曲。
「竹」字是根據竹葉的樣子所造的，字形就像
中國國畫裏畫的竹葉樣子「↟」。竹葉到了寒
冬也不會凋謝，它這樣的特性也被用來象徵越
挫越勇的精神。

給小朋友的話：

竹的用途很多，從竹子、竹葉到竹筍，都有
許多不同的貢獻，你知道竹子可以提供哪幾種用
途嗎？

chǔ 楚

「楚」的本義是一種叢生有刺的落葉灌木，因為叢生，所以「楚」字的上面就寫作「林」，表示很多樹木生長在一起的意思。在甲骨文的「楚」字中，可以看到下面是「止」字、表示腳足，中間則有兩點「；」表示血跡。因為走入叢生荊棘的林中，很容易受傷流血，因此「楚」字也有指處罰的工具或表示痛苦的意思（例如痛楚）。

給小朋友的話：

有沒有玩過軍棋？棋盤上總會有「楚河漢界」四個大字，那就是兩軍交戰的最前線。玩軍棋可以訓練思考和應變能力，所以平常有空時可以多跟人下下棋。

◎「楚」字的演變過程：

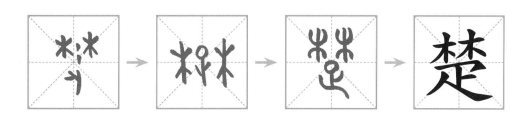

lì

栗

在秋冬的時候栗子樹成熟結果了，街頭就會出現很多賣糖炒栗子的小販。栗子果實的外觀就像生氣的刺蝟一樣，渾身都長滿刺毛，等到成熟時它就會裂開，露出藏在裏面的兩三顆堅果。「栗」字就是按照長滿栗子的栗子樹外觀造的，上面的「🌰」畫的是栗子的果實，下面是「木」。

給小朋友的話：

栗子屬於堅果類的果實，是松鼠很喜歡吃的食物，查查看植物圖鑑，還有哪些果實是屬於堅果類的？形狀是不是長得不大一樣？

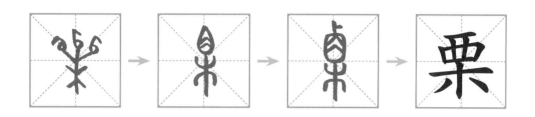

zhī

枝

樹幹旁邊所長出來的小樹條就是樹枝，所以「枝」字的左邊是「木」，右邊則表示用手「彐」拿着被分開一半的樹枝「朩」，所以「支」有分開的意思，從樹幹上分開出去的小枝條就是樹枝。

給小朋友的話：

「枝繁葉茂」是用來表示子孫繁多的意思。你知道什麼是「族譜」嗎？你最久遠以前的祖先是從哪裏來的？他的後代子孫是不是累積好幾代之後就有枝繁葉茂的盛況了呢？

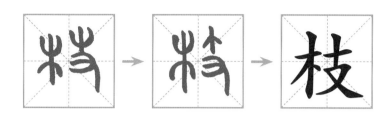

căo

草

「屮」字畫的是草剛剛生長出來的樣子。「丫」的中間「丨」就像是剛生長出來的草莖，兩旁的「八」像是剛冒出來的兩片小葉子。後來「屮」字多被用來當作草本植物的部首，然後再另外造一個「草」字表示原來的「屮」。「草」的下面是「早」，這是它的聲符，也就是表示聲音的符號。

給小朋友的話：

草本植物跟木本植物有什麼差別呢？是不是所有的草本植物都有一個「屮」部首、木本植物都有一個「木」部首呢？查查看。

duǒ

朵

mù běn zhí wù huò cǎo běn zhí wù kāi huā shì wèi le yào fán yǎn xià
木 本 植 物 或 草 本 植 物 開 花 是 為 了 要 繁 衍 下

yí dài yì duǒ duǒ kě ài de xiǎo huā kāi zài shù yè zhōng jiān yòng tián
一 代 ， 一 朵 朵 可 愛 的 小 花 開 在 樹 葉 中 間 ， 用 甜

měi de huā mì qù xī yǐn kūn chóng huò niǎo lèi bāng máng chuán dì huā fěn gǔ
美 的 花 蜜 去 吸 引 昆 蟲 或 鳥 類 幫 忙 傳 遞 花 粉 。 古

wén de duǒ zì xià mian shì yì kē shù mù shàng mian
文 的 「朵」 字 ， 下 面 是 一 棵 樹 木 「❀」 ， 上 面

huà de jiù shì huā duǒ xià chuí de yàng zi
「ㄥ」 畫 的 就 是 花 朵 下 垂 的 樣 子 。

gěi xiǎo péng you de huà
給小朋友的話：

duǒ yí dà jiáo de duǒ yǒu dòng de yì si yí
「朵 頤 大 嚼」 的 「朵」 有 動 的 意 思 ， 「頤」

shì zhǐ xià bā suǒ yǐ zhěng jù chéng yǔ jiù shì dòng zuǐ dà chī de yì si
是 指 下 巴 ， 所 以 整 句 成 語 就 是 動 嘴 大 吃 的 意 思 。

zěn yàng de shí wù huì ràng nǐ xiǎng duǒ yí dà jiáo ne
怎 樣 的 食 物 會 讓 你 想 朵 頤 大 嚼 呢 ？

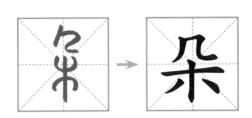

guǒ

果

植物開花，花謝了就會結果實。甲骨文裏的「果」字，畫的就是一棵長着很多果實的樹。演變到了金文時，原本在甲骨文裏畫的三個表示果實的「◊」符號，被一個「田」取代，也用來表示果實的意思，下面的「木」畫的是樹木，因為以前的「果」字本義，是指樹木的果實。

給小朋友的話：

「排排坐，吃果果」，小朋友，你認識多少種水果呢？除了長在樹上的水果之外，你還知道水果的其他生長方式嗎？

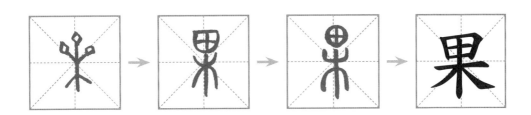

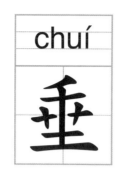

chuí

垂

你有用手去碰觸過含羞草的葉子嗎？當你碰到它的葉子時，因為水分由葉柄向四方流散的緣故，葉子變重了，所以就閉合下垂。「垂」字就是畫植物花葉下垂的樣子。

給小朋友的話：

「垂涎三尺」是形容口水流得很長、很嘴饞、很想要這樣東西的意思，這是一種「誇張法」，除了這句成語外，你還知道哪些含有誇張法的成語呢？

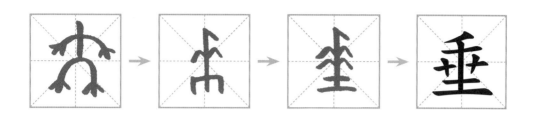

mǐ

米

多數的中國人以稻米為主食，「米」字在
甲骨文裏寫作「𣲩」，中間的一長豎「丨」表
示稻穗的梗，兩旁各三點則表示已經成熟、結
實纍纍的稻穀。因為古文重複同樣的三個符號
有表示「多」的意思，所以在稻梗旁邊畫三點
就表示結實很多的稻穀。稻穀脫皮去糠之後，
就成了我們日常食用的稻米。

給小朋友的話：

米的種類有很多，你認識、吃過幾種呢？它
們的形狀、顏色、口感有什麼不同？你知道米還
可以製成很多種類的糕餅嗎？

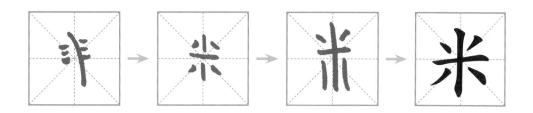

guā

瓜

dōng guā、xī guā、nán guā、sī guā，guā de zhǒng lèi fán duō
冬瓜、西瓜、南瓜、絲瓜，瓜的種類繁多，

dàn shì tā men dōu yǒu yí gè zuì dà de gòng tóng tè diǎn，jiù shì dōu yǒu
但是它們都有一個最大的共同特點，就是都有

téng wàn xiàng wài yán shēn、yè piàn xiàng shǒu zhǎng yí yàng chéng xiàn fēn liè de xíng
藤蔓向外延伸、葉片像手掌一樣呈現分裂的形

zhuàng。「guā」zì jiù shì àn zhào guā de yàng zi lái zào de，liǎng páng
狀。「瓜」字就是按照瓜的樣子來造的，兩旁

biǎo shì lā zhí le de cháng cháng téng màn，zhōng jiān de「ㄛ」zé biǎo shì
表示拉直了的長長藤蔓，中間的「ㄛ」則表示

guā de guǒ shí
瓜的果實。

gěi xiǎo péng you de huà
給小朋友的話：

nǐ rèn shí jǐ zhǒng guā lèi zhí wù ne yǒu mei yǒu zhù yì guò měi yì
你認識幾種瓜類植物呢？有沒有注意過每一

zhǒng guā lèi de shēng zhǎng fāng shì dōu bú dà yí yàng yǒu zhǎng zài shù shang shā
種瓜類的生長方式都不大一樣，有長在樹上、沙

dì hé chuáng shang yě yǒu pān pá zài qí tā dōng xi shang de ér qiě měi yì
地河牀上，也有攀爬在其他東西上的，而且每一

zhǒng guā lèi de guǒ shí xíng zhuàng yě dōu chā yì xuán shū o
種瓜類的果實形狀也都差異懸殊噢！

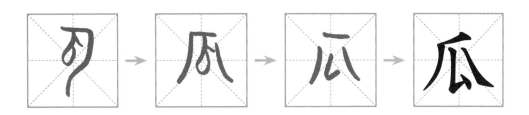

刃 → 瓜 → 瓜 → 瓜

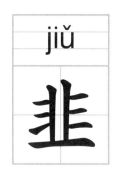

jiǔ

韭

「韭」字畫的是韭菜生長的樣子，中間的
兩豎「‖」表示韭菜中央的莖葉，左右兩旁各
有三畫則表示層層疊疊、扁平而細長的韭菜
葉，下面的一橫「一」是指土地。

給小朋友的話：

有吃過韭菜嗎？韭菜的味道比較刺激一點，
它通常是深綠色的，假如在它生長的時候不讓它
照陽光，它就會長出黃葉子，也就是俗稱的「韭
黃」。你知道韭菜可以做出哪些美食嗎？

◎「韭」字的演變過程：

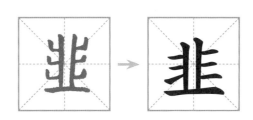

qí

齊

「齊」字的本義有齊等、齊平的意思。古
文中，「齊」字表示的是禾麥的穗長齊平的樣
子，用三個同樣的符號表示很多齊頭平的麥穗。
到了小篆時，則因為禾麥是生長在土地上的，
土地有高低，所以麥穗看起來也好像有高低，
於是就把麥穗長在比較高的土地的部分畫高一
點，就像「齊」字中間的那根麥穗下面有高凸
出來的土地，所以看起來比兩旁高一點。

給小朋友的話：

一根筷子很容易被折斷，但是一把筷子就很
難了，這就是「團結」的力量。假如我們「同心
齊力」的去做一件事，那麼就能很快的成功噢！

◎「齊」字的演變過程：

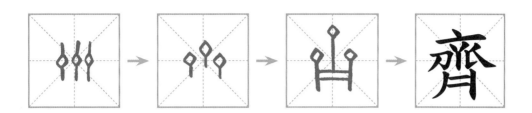

nán

男

「男」字是由「田」與「力」組合成的，
這是表示要在田裏出力耕種的意思。男人在體
格與力量上都比女人強壯一點，所以比較適合
做田裏的粗重工作，於是就把表示在田裏出力
工作的「男」字，用來指做這樣工作人的性別。

給小朋友的話：

「男兒膝下有黃金」是指男子漢大丈夫不可
輕易向人屈膝；其實就算是女孩兒也一樣要有勇
氣、要堅強，不可以遇到事情就懦弱想向人低
頭。

◎「男」字的演變過程：

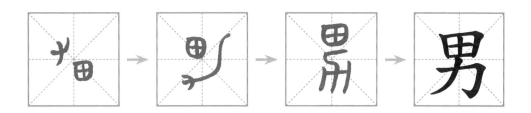

nǔ

女

「女」字畫的是一個女人低着頭、雙手交
叉跪坐着的姿態。「女」字在古代指的是還沒
出嫁的女孩；女孩出嫁後就稱為「婦」，「婦」
的左邊是「女」字旁，右邊是「帚」，也就是
掃帚，因為古代娶妻都要很賢慧、能夠操持家
務事，所以就造了一個拿着掃帚的女人來表示
「婦」人的意思。

給小朋友的話：

「男耕女織」是男女各司其職、分工合作的
意思。在古代，「男主外女主內」的觀念很強，
但是到了現代就沒有這樣嚴格的限制了，所以就
算是女孩子也可以立下遠大的志向噢！

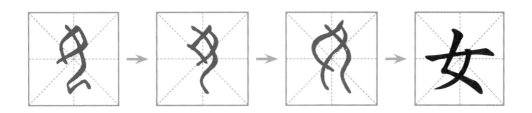

101

zǐ
子

在古代「子」字指的是嬰兒，「子」是一個象形字，畫的是一個嬰兒的樣子。甲骨文中，「子」的上面「巛」畫的是嬰兒的頭髮，中間「⊠」是嬰兒的大頭，因為頭在嬰兒的全身比例上是較大的，下面則是嬰兒的腳。到金文時，「子」字寫作「♀」，上面仍然是頭，下面則畫着嬰兒的身體和腳被包起來，只有兩隻手露在外面。

給小朋友的話：

「孺子可教」是指可以教育成才的年輕人。小朋友就像一塊還沒有經過琢磨的璞玉，好好的教育學習，以後一定可以成為一塊美玉噢！

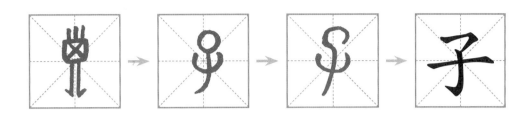

shēn
身

「身」是象形字，在金文裏，畫的是一個人站在地上的側面，有頭、手、背和腳，挺着一個圓圓的大肚子，還看得到肚臍眼，下面的一畫「一」是表示地面的意思。到了小篆時，就把那一畫寫作「ㄑ」，看起來就像人把腳彎曲抬起來的樣子。

給小朋友的話：

古人說：「身體髮膚，受之父母，不敢毀傷」，因為身體是父母給的，所以要很小心的照顧自己的身體，以感念父母的恩惠。小朋友也要好好的愛惜自己的身體，以免父母掛心噢！

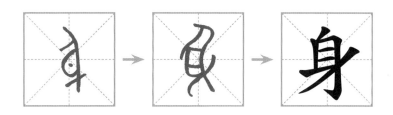

shǒu

首

人的頭又稱作「首」，是一個象形字，畫的是人頭的樣子。從「首」字上可以看到人的頭髮「ㄍ」、臉「ㄩ」、眉毛和眼睛「仝」。在古代打仗的時候，常常會說取下敵人的首級來論功行賞，首級就是人頭的意思。

◎「首」字的演變過程：

miàn

面

「面」字原先畫的就是人的臉，從這個字的甲骨文可以看出臉的輪廓和臉上的眼睛，這是從遠處來看人的臉，因為眼睛會反光，所以遠遠的只能比較清楚看到眼睛。到了金文時，「面」字就變得跟「首」字有點像，上面有頭髮，下面則是一張臉和鼻子、嘴巴。演變到小篆時，就把上面的頭髮去掉，再加上一個「凵」，用來強調指臉蛋的部分。

給小朋友的話：

「知人知面不知心」是指認識一個人的外表，但是卻很難了解他的內心，用來比喻人心難測。小朋友面對陌生人時，一定要仔細的察言觀色，以免被壞人偽善的外表騙了。

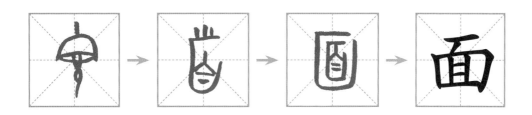

méi 眉

眉毛是生長在額頭之下、眼睛之上叢生微曲的毛髮，可以阻擋汗水及灰塵直接侵入眼睛。

甲骨文的「眉」字是把三根代表眉毛的毛「》」畫在眼睛「⊖」上面。到了金文時，不但畫出了眉毛、眼睛，連眉毛、眼睛周圍的紋理也畫出來了。演變到小篆時，「眉」字就畫成「眉」的樣子，「𠆢」表示額頭上的紋理（皺紋）、「彡」表示眉毛、「目」則是眼睛。

給小朋友的話：

有沒有注意過眉毛其實也有各種不同的表情呢？人在高興、憂愁、生氣或難過時眉頭也會有不一樣的「表情」噢！對着鏡子擠眉弄眼觀察一番吧！

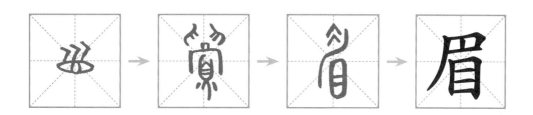

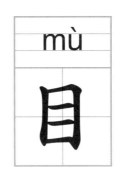

mù

目

「目」就是眼睛，眼睛是人的靈魂之窗，可以傳遞很多種感情，所以古人看人是不是良善的就要看他的眼珠子——眼珠子是清澈祥和的，還是混濁閃爍不定的？「目」是一個象形字，畫的是眼睛的外觀，有眼眶、眼白也有眼珠，本來是依照眼睛的外形寫作橫的，後來則轉了九十度變成直的，也就成了現在常見的「目」字。

給小朋友的話：

「目空一切」是指什麼都不放在眼裏，用來形容自視極高、驕傲自大。做人應該要懂得「滿遭損，謙受益」的道理，懂得謙虛，才能夠容納更多、收穫更多。

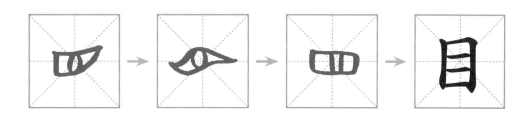

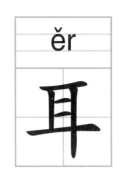

ěr

耳

ěr duo shì tīng jué qì guān ěr shì xiàng xíng zì huà de
耳朵是聽覺器官，「耳」是象形字，畫的

zhèng shì ěr duǒ de xíng zhuàng zài jiǎ gǔ wén li de ěr zì kě yǐ
正是耳朵的形狀。在甲骨文裏的「耳」字可以

hěn qīng chu de kàn dào ěr duo de wài wéi lún kuò hé yóu wài ěr yào tōng
很清楚的看到耳朵的外圍輪廓，和由外耳要通

xiàng zhōng ěr de ěr wō yǎn biàn dào jīn wén shí gèng kě yǐ kàn dào ěr
向中耳的耳蝸。演變到金文時，更可以看到耳

duo de wài xíng lún kuò jí tōng xiàng zhōng ěr de ěr dào hé ěr mó le zài
朵的外形輪廓及通向中耳的耳道和耳膜了。再

yǎn biàn dào xiǎo zhuàn shí zì xíng jiù gēn xiàn zài suǒ jiàn dào de ěr
演變到小篆時，字形就跟現在所見到的「耳」

zì hěn xiāng jìn le
字很相近了。

gěi xiǎo péng you de huà
給小朋友的話：

ěr rú mù rǎn shì zhǐ cháng cháng kàn dào huò tīng dào yīn cǐ zài
「耳濡目染」是指常常看到或聽到，因此在

bù zhī bù jué zhōng jiù huì shòu dào yǐng xiǎng xiǎo péng you de xué xí mó fǎng néng
不知不覺中就會受到影響。小朋友的學習模仿能

lì hěn qiáng suǒ yǐ yí dìng yào jīng cháng jiē chù pǐn xíng zhì huì yōu xiù de
力很強，所以一定要經常接觸品行、智慧優秀的

rén cái huì yǒu hǎo de yǐng xiǎng xiào guǒ
人，才會有好的影響效果。

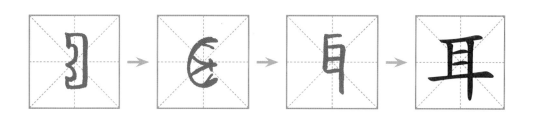

bí
鼻

人常常指着自己的鼻子來表示「自己」的
意思，所以在古文中，「自」就是依照鼻子的
外觀來造的字。不過，後來「自」被借用當作
「自己」的意思，所以就在原本「自」的下面，
加一個表示聲音的符號「畀」來表示「鼻」。
從甲骨文「自」的造形，可以很清楚的看出畫
的就是整個鼻子的外觀，有鼻根、鼻梁、鼻
尖、鼻孔和鼻翼。

給小朋友的話：

「鼻青臉腫」是形容因為跌打而面部傷勢嚴
重的樣子，也用來比喻因為碰釘子或受責備而丟
面子。你是不是有過身體上或心理上鼻青臉腫的
經驗呢？你又是怎樣「療傷」呢？

◎「鼻」字的演變過程：

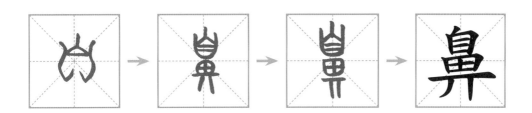

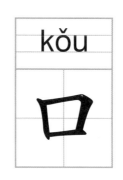

kǒu

口

kǒu shì rén lèi hé dòng wù yǐn shí jí fā chū shēng yīn de qì guān
口是人類和動物飲食及發出聲音的器官。

kǒu shì yí gè xiàng xíng zì huà de shì zuǐ ba zhāng kāi de yàng
「口」是一個象形字，畫的是嘴巴張開的樣

zi yóu shàng xià zuǐ chún gēn liǎng gè zuǐ jiǎo zǔ chéng kǒu yě
子，由上、下嘴唇跟兩個嘴角組成。「口」也

shì yí gè bù shǒu fán gēn zuǐ ba yǒu guān de zì dōu yǒu kǒu piān
是一個部首，凡跟嘴巴有關的字都有「口」偏

páng kǒu gēn de xíng tǐ hěn xiāng jìn dàn yì si què
旁，「口」跟「囗」的形體很相近，但意思卻

xiāng chā hěn duō shì bāo wéi fēng bì de yì si
相差很多，「囗」是包圍、封閉的意思。

gěi xiǎo péng you de huà
給小朋友的話：

kǒu shì xīn fēi shì zhǐ shuō chū lái de huá gēn xīn li xiǎng de bù
「口是心非」是指說出來的話跟心裏想的不

yí yàng yòng lái bǐ yù yán xíng bù yí zhì nǐ shì bu shì yě yǒu guò kǒu
一樣，用來比喻言行不一致。你是不是也有過口

shì xīn fēi de shí hou shì zěn yàng de qíng kuàng nà shí hou nǐ de xīn lǐ
是心非的時候？是怎樣的情況？那時候你的心理

gǎn jué shì zěn yàng de hǎo bu hǎo shòu ne
感覺是怎樣的？好不好受呢？

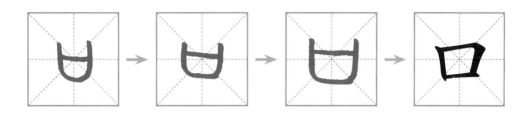

shé

舌

shé tóu wèi zài zuǐ ba li shì zhuān guǎn wèi jué de qì guān shé
舌 頭 位 在 嘴 巴 裏 ， 是 專 管 味 覺 的 器 官 ， 舌
tóu kě yǐ biàn bié wèi dào bāng zhù fā shēng hái kě yǐ xié zhù yá chǐ
頭 可 以 辨 別 味 道 、 幫 助 發 聲 ， 還 可 以 協 助 牙 齒
jǔ jué shí wù shé zì huà de shì shé tóu cóng zuǐ ba shēn chū lái
咀 嚼 食 物 。 「 舌 」 字 畫 的 是 舌 頭 從 嘴 巴 伸 出 來
de yàng zi shé yě shì yí ge bù shǒu fán shì gēn shé tóu yǒu
的 樣 子 。 「 舌 」 也 是 一 個 部 首 ， 凡 是 跟 舌 頭 有
guān de zì dōu yǒu zhè ge piān páng pì rú tián zì de zuǒ biān shì
關 的 字 都 有 這 個 偏 旁 ， 譬 如 「 甜 」 字 的 左 邊 是
shé piān páng yòu biān de gān zé shì biǎo shì zuǐ ba li
「 舌 」 偏 旁 ， 右 邊 的 「 甘 」 則 是 表 示 嘴 巴 裏
hán yǒu yí ge tián měi de shí wù
「 凵 」 含 有 一 個 甜 美 的 食 物 「 一 」 。

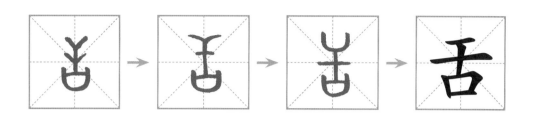

chǐ

齒

牙齒是消化器官之一，用來咀嚼食物、幫助消化吸收。甲骨文的「齒」字，畫的就是張開嘴看到牙齒的樣子。到了金文，上面就加了「止」這個表示聲音的符號，因為「止」和「齒」在古代的發音是相近的。到小篆時，「齒」字的下半部就演變成「凵」的樣子，「凵」表示張開的嘴，「𣥂」表示嘴裏的牙齒，一橫「一」表示上下齒間的縫隙。

給小朋友的話：

「齒如齊貝」是指牙齒潔白整齊得像海貝那樣。乳齒換掉變成恆齒之後，就要用一輩子了，而且牙齒的美醜也關係到你的容貌，所以平時一定要好好照顧自己的牙齒噢！

122

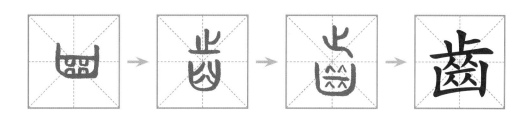

xīn

心

心臟位於人胸腔中間偏左的位置，裏面縱橫隔成四個小腔，分別是左右心房與心室，心房和心室有瓣膜直接相通，是負責運輸血液循環的器官。古文「心」字畫的就是心臟的樣子，中間的「ㄑ」畫的是心瓣，旁邊兩條「ㄋ」則表示大動脈。古人認為心能夠思考，所以凡是跟思考、感情有關的字都有「心」的偏旁。

給小朋友的話：

「心無二用」是指心思不能同時用在兩件事上面，注意力必須要集中在一點上。當你在做任何事時，必須要專心才能夠有好的成效。

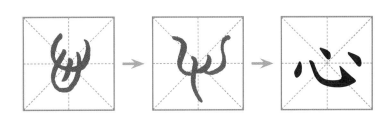

wèi

胃

「胃」字是根據胃的樣子所造出來的，胃是一個能裝穀食的肉囊，所以「胃」字的下半部就是「月」（讀肉），胃的上半部畫的是穀食裝在胃裏的樣子「⊠」，後來演變成「田」字，而「胃」跟「田」是沒有關係的，只因為「⊠」跟「田」形體相近的緣故。在中國字的演變過程中，很多字有某部分形體相近卻意思不同，都是這樣來的。

給小朋友的話：

胃能伸能縮，當它裝滿食物時會鼓脹起來，有時你吃得太多，或是吃到不容易消化的食物就會有脹氣，這時候吃一顆酸梅，讓胃液的酸鹼濃度中和，就不會難過了。

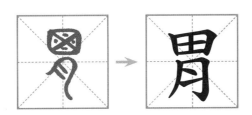

shǒu

手

「手」是一個象形字，畫的就是手的樣子，從這個字裏可以很清楚的看到五隻張開的手指頭，還有手掌的形狀，後來「手」字被用來當作部首，常常寫作「扌」，於是許多跟手的活動有關的字都有「手」的偏旁。

給小朋友的話：

「手不釋卷」是指捨不得把書本放下，用來比喻勤奮用功讀書。小朋友，你看什麼書時，會連吃飯、洗澡時也捨不得放下來？為什麼呢？

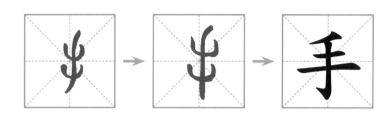

zú

足

足是動物下半身可以直立行走的部位。
「足」字畫的就是一隻腳的樣子，從甲骨文裏可以很清楚的看到這個字是由膝蓋、小腿和腳掌、腳趾所組合成的。到了金文時，「足」字寫得比較像現在所看到的樣子，上面的「○」表示小腿、下面的「止」則是表示腳趾。

給小朋友的話：

「足智多謀」是用來形容人善於料事與用計。你喜歡看歷史故事嗎？在中國古代有很多軍師將帥都是這樣聰明的人，像諸葛亮、周瑜等，你還認識哪些足智多謀的人物呢？

130

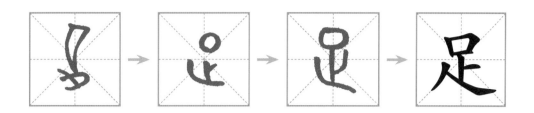

中國文字的演變

　　你知道最古老的中國文字是什麼嗎？目前所知中國最早有系統的文字是甲骨文。為什麼要在骨頭上刻字呢？這是因為古人很迷信，認為天地鬼神有神祕不可知的力量，所以要先問過祂們的旨意，才能安心做事；尤其到了商朝的王室貴族，更是每件事都要問，有時同一件事還要問很多遍！

　　他們怎樣問鬼神呢？其實就是用占卜的方式，但這過程有點繁複：首先要把龜甲獸骨洗乾淨、切成適當大小，再磨平、磨光，然後在背面鑿出一條條的小溝槽，溝槽旁再鑽一個個小小的圓穴，溝槽跟小圓穴都距離正面很薄，可是又不能穿透！這塊處理好的龜甲或獸骨先交由掌管占卜的人保存。等到挑了良辰吉時要開始占卜，就把這塊甲骨拿出來，用火灼去燒小圓穴，便會有很多裂紋出現，這些裂紋就叫「卜兆」，然後商王或史官就會根據裂紋的形態來判斷吉凶禍福，並把要卜問的事刻在甲骨上，這就是甲骨文。

　　甲骨文一直到清朝末年才被發現，那時還被中藥舖拿去當成藥材用呢！而這些甲骨，不知那些用了龍骨的人有沒有聰明一點兒？

　　中國文字演變到商周時期，就成了金文。金文就是刻在銅器上的文字，因為古人把「銅」稱作「金」，所以這些文字也稱為「金文」；又因為用銅鑄成的鐘、鼎等禮器受到人們的重視，所以這一類的文字也稱作「鐘鼎文」。

　　中國文字到了春秋戰國時期，因為諸侯國想要稱王問鼎中原，所以連年征戰，文字的流通也受到阻礙，各小國

的文字形體演變各不相同。一直到秦始皇統一中國，才接受丞相李斯統一文字的建議，把秦國原來使用的「大篆」稍加改變，使文字的結構和筆畫更穩定，然後向全國推行這套文字，這就是「小篆」。

後來的「隸書」則是由小篆簡化演變過來的，因為秦朝的官獄職務繁忙，要抄寫的案件太多，就把小篆圓潤的筆畫改成方折的筆畫，成了「隸書」。中國文字演變到隸書，造字原則被嚴重破壞，很多字因此看不出原本造字的原理。

隸書流行不久後，「楷書」也出現了。楷書的「楷」字，就是楷模、模範的意思。因為它的字體方正，筆畫平直，可以當作楷模，所以也被稱為「真書」、「正書」，楷書到目前為止，仍然是標準字，也是你所常見的字體。

至於草書和行書，則是為了方便書寫而演變出來的字體。「草書」就是指草寫的隸書，形成於漢代；行書則是介於楷書和草書之間，不像楷書那樣端正，也不像草書那樣潦草，是日常常用的一種字體。

知道了中國文字的演變過程，對於我們現在所使用的文字，有沒有覺得更親切了呢？它們可是祖先們從很古很古以前，就傳承下來留給我們的無價之寶哦！

◎中國文字的演變

甲骨文 → 金文(鐘鼎文) → 篆書 → 隸書 → 楷書、草書、行書

133

全書索引

全書索引

有故事的漢字
認識萬物篇

編　　著 / 邱昭瑜
繪　　圖 / 郭璧如
責任編輯 / 甄艷慈　曹文姬
出　　版 / 新雅文化事業有限公司
　　　　　香港英皇道 499 號北角工業大廈 18 樓
　　　　　電話：（852）2138 7998
　　　　　傳真：（852）2597 4003
　　　　　網址：http://www.sunya.com.hk
　　　　　電郵：marketing@sunya.com.hk
發　　行 / 香港聯合書刊物流有限公司
　　　　　香港新界大埔汀麗路 36 號中華商務印刷大廈 3 字樓
　　　　　電話：（852）2150 2100
　　　　　傳真：（852）2407 3062
　　　　　電郵：info@suplogistics.com.hk
印　　刷：振宏文化事業有限公司
版　　次：2015 年 6 月初版
　　　　　10 9 8 7 6 5 4 3 2 / 2015

ISBN：978-962-08-6330-1
©2015 Sun Ya Publications（HK）Ltd.
18/F, North Point Industrial Building, 499 King's Road,
Hong Kong
Published in Hong Kong